音たてて
幸せがくるように

二階堂晃子 詩集
Nikaido Teruko

コールサック社

詩集　音たてて幸せがくるように　目次

Ⅱ　誰かと

詩集

音たてて幸せがくるように

二階堂晃子

序詩

イチゴ大福

今日のあなたはきれいだ
心震わせ
実らせたはつ恋に
揺れている

陽がこぼれるほどあふれ
張り替えた分厚い芝生を突き破り
やじりのようなチューリップの芽
いっせいに
あなたの春を

地も空も抱いている

あの時の
黒紫の雲
家族も
学びも
彼の行方も
神隠しにあったごとく一時に奪われ
途方もなく崩れ
夜を徹し
ティッシュペーパーをひき続けた
助けて……
と

今日の

青緑の風
安否問う便りに載せて
訪れた彼との復活に
怒涛が打ち寄せるほど心揺れ
受け止めきれず
また
助けて……
と

幸せになりなさい
時は十分に満ちている

〈来てよかった……
あ、食べてくださいイチゴ大福
今朝、並んで買ってきました〉

幸せ色の淡いピンクふっくらと
出し忘れていたかのように
つぶやきながら

I　見えない被害

わらいばなし

花冷えの午後
訪ねてきた教え子が語る
関東の人がね
癌になったら福島に住むって
どうして
居ながらにして
放射線治療受けられるからだって

部屋中響く声で
大笑いした
二人

そしてその後
二人は
押し黙ってしまった

書付

——どろぼうへ
もって行くことは許しません
もって行くあなたは罪人です
もって行ってもあなたは幸せにはなれません——
上り框《がまち》に張り付けられた家主の書付が風に震えてる
「平地にしてあげます
いるものといらないものを整理してください」
その筋のお達しに
暗証番号二〇〇〇で道路封鎖のゲートを開き

書付震える我が家に入り込めば
時計も貴金属もブランドバッグも絵画も
金目のものは何もない
被災者が去った穴場は
格好の掻き入れ場所と
持っていった泥棒は罪人です
全部は持ち出せなかったとしても

全部　そう全部
家、屋敷、井戸、梅林、竹林、田畑　舞い飛ぶ小鳥
庭に遊ぶアリもヘビも　緑の風、ここだけの匂い
浜通りのコバルトブルーの青空
来し方、生業、つながり　そして先祖の霊
そう、ふるさと全部

――全部持っていったその筋へ
あなたたちは紛れもなく罪深い人たちです
あなたたちは私たちのふるさと全部を奪いました――

家主が本当に貼り付けたかったに違いない
書付

見えない被害

書きたい
伝えたい
知ってほしい　知ってほしい
書けない　書けない　書けない
聴いたことは書いてはいけない

ある
新聞にも　テレビにも　雑誌にも
書かれてない　出されていない　見えていない
見えない被害がある

絶望的で重く
どこにも行き場のない
誰にでも言えることでない
面と向かっては話せない
崩れてしまう　壊れてしまう
見えない被害がある
「復興」「復興」の言葉飛ぶ陰で
仮設の扉のその奥に
逃げ込んだ地域の仮住まいの暮らしの中に

聞く　聴く　心を賭して聴く
誰かに伝えれば
繋がれば
受け止められさえすれば

立ち上がれる
書けない
聴いたことを書いてはいけない
でもある
見えない被害

同級会の宵

だるま市の清戸迫《きよとさく》遺跡の潮騒の
双葉町に共に生まれ
廃校でしかない双葉高校を出て五十年
互いに鬢を白くして
ヨーロッパ戻りの彼と交わす盃
すっかりイギリス風紳士

どうして新天地を求めないんだ
どうして危ないところに未練を持つんだ
新しい土地で新しい出発をすることがベターだ

ふるさと？新しく作ればいいのではないか
割り切って前を向くことがベストさ

望郷、私は恋々と引きずる
体を巡る血
追われたものの夢が廻るあの山川
奪われたとすればさらに
里山の木漏れ日、あの匂い、あの空、波の音、父、母

実は、ぼくは難病にみまわれてね
今は落ち着いているがやはり怖いね
君は聴いてくれるから細かく話すけど
だいたいは病気の話ばかりをすると嫌われる
酒は飲めるか？痛みはこないか？効果がある治療は？
君は聴いてくれるけど、病気の話ばかりでは嫌がるねみんな

割り切っていこうよ
放射能の話、君の周りに嫌う人がいないかい
もうたくさんだって
いつまでも故里《ふるさと》に帰りたいって言ってんなよって
タダの家賃で住んでいるのにわがまま言うなよって
わが身に起こった不幸を大声でわめいても
もう飽き飽きしたって
もう聞きたくないって
そんなに被害者面《づら》するなよって
金もらってんだろ、それで前を向けよ

もう廃校しかない双葉高校を出て五十年
双葉出身そのままだった君だったのに
真相を感じるのは重すぎてこわいのだろう

割り切って軽くいたいのだろう
為すものが狙う文言と同じと分かっていても

地酒はうまいなー
十分酔ったよ
級友と話せるこんな時
双葉言葉が顔を出しはじめ
やっぱり君とふるさとの話をしたい
だるま市の清戸迫の潮騒の

忘れるはずはないじゃないか

地図がなくなった

国道六号線を南下し浪江町に至る
津波に追われ町民が逃げ込んだ大平山は右手
左手には鮭のぼる請戸《うけど》川
里帰りのたびに
はやる気持ちをやっと抑えた信号機が
もうすぐだ
何十年も通いなれたこの道は
脳裏の絵地図に細かく焼き付いている

四年近くの歳月が流れた今日
入り込んだふるさとには
家々も防風林も田畑も人っ子一人も
あの日、救助を待ちわびた人を閉じ込めた瓦礫さえ
何も、何も見えない
打ち上げられて
朽ち始めた数々の漁船以外に
何もない

見えるはずのなかった
群青色の水平線が真正面にせり上がってきた
崩れた築港に吸い寄せられ
車を捨てて脳裏の絵地図を歩く
骨組みだけ残った魚市場がここだとすると
道を隔てて老舗の旅館が二軒

その北側に造り酒屋の倉庫があって
西側に草野神社
となりに簡易郵便局があったはずだ

と、またたく間に達してしまった
町はずれの母校の廃屋
海水浴客でにぎわった道はどこだ
お駄賃をくれた床屋はどのあたりだ
安波《あんば》様の御輿が練り歩いた通り*があったはずだ

一面の背高雑草の荒れ野には蜃気楼も現れず
何も、何もなくて
描き直せない絵地図
線量に覆われてだれも還れないこの集落
そこにはもう地図はなくなった

復興の槌音聞きたくて
耳で探しても
日曜日の今日
初春の陽光にきらきら白波を立てる
請戸の海が
目の前に広がっているだけだった

＊二月、豊漁を願って行われる祭

学校

土砂降りだった
工場の空き地に建てられた校舎の
鉢植えの花々も雨に打たれてた
給食を終えた子どもたちの声が響いてる
廊下いっぱいに

五年生は七人のお友だち
教室に先生は三人
担任が二人と国語専科の先生と

どうして担任が二人かって？
一小二小の合併校だから
校長先生だって小学校に二人、中学校に二人
ひとつの校舎に校長先生が四人、教頭先生が四人
全校生は小学生も中学生も三十人ぐらい

校舎も校庭も体育館も遊具も
みんな借りている
親切に助けてくれる他の町から
近くの仮設住宅からも
二十キロも離れた町の外からも
どうしても
ここでなければダメなお友だちが学んでる

文末に気を付けて報告文を書くお勉強

小見出しつけてどんどん書くんだ
交換して読み合っていいとこどんどんメモするんだ
よそ見する子なんかいない
あくびする子なんかいない
先生が言い忘れたこと
「先生このごろ物忘れすることあるね」
冗談なんて飛ばす子もいて

あったかいんだ
つながりが太いんだ
勉強の中身も進め方もわかっているんだ
ここにしかなじめないお友だちの
ここでしか心開かない子どもたちを
たっぷり受け入れる先生の
変わった形の学校に集うこの人たちに

音をたてて幸せが訪れますように
叩きつける雨音に負けないように
ここにこそ

除染

「おら！そこどかせ」
重機のおっちゃんが関西弁で怒鳴ってる
無言のままに手を動かす作業員

三時の休憩に缶珈琲を差し入れて
「おじさん、ちょっと怖い声ですね」と問えば
「わいは　親方でんねん」

作業員には地元大学工学部出の人もいて
就職先のないままに

関西のおっちゃんに怒鳴られながらの除染作業
昨日話していた作業員のなげき
弁当代も、講習代、マスク、手袋みな自前の人もいる
作業服の洗濯水は三倍、手取りは軽く

○・四マイクロシーベルトに下げることが基準
市職員は机の上から企画を発し
住民は不満をおっちゃんに

街にはどこにもブルーシートの小山があって
除染が始まってからできた福島の風物語
小山が消えることを願って

関西のおっちゃんたち寒い福島でご苦労さん

社長さんの支援決意ありがとう
シャイな若者よろしくお願いします
しっかり防護してお体大切に

絆されまい

——ただいま
やっと福島県に還ってきました
ふるさとに近づいたいわき市です
夕べ弟妹が
「祝福島帰還」と迎えてくれました
固まっていた肩がすこし柔らかくなって
元気が出てきた気がします
お彼岸の今日、お伝えにきました——

あの日のままの崩れた墓石に

おはぎとお花
蔦うっそうとからまるお墓に
福島県帰還報告の兄の声響いて
音のないふるさとに音蘇り
線香の紫煙立ちあがっては
大気に吸い込まれていく
線量計は鳴りっぱなしの
まだ遠いふるさとの墓前

絆
のぼりにも看板にも「絆」「絆」が踊ってた
はやり言葉のように詠われた
「絆」の陰で今日も自死者のニュースが流れ
牛舎の壁に原発を恨んで逝った酪農家

フェンス一つで補償が違い
敵国のようになったお隣同士
生活を営めるはずない帰宅準備区域の設定も
作られた格差に迷い
不安に惑い
取り決めや介在するお金に
「絆《きずな》」ことごとく絆《ほだ》されて
ひとつになれない被災地の今

どこかに鬱を漂わせながらも
やられ損のその上に
病気や自死に追い込まれまいと
我が家の絆《きずな》、絆《ほだ》されまいと
届く波音にふるさとを手繰り寄せ
墓前に語る静かな決意

田畑を覆う一面の雑草が色づいて
墓石の上を秋風が吹き抜ける
止まぬ線量計に促され
さようなら
つかの間の一時帰宅墓参りただいまに

希望牧場の牛

全町避難命令の出ている浪江町の北西地区
希望牧場に生きる数十頭の牛たち
草をはみ、川の流れでのどを潤し
乳を絞られることもなく
肉を売られることもなく
夏草の生い茂る牧場で
これほどの自由があったろうか
牧場主の庇護のもとで

他地区のスーパーからは、売れ残った野菜くずが

地区からは食い主が居なくなった乾燥草のロールが運び込まれ
たっぷりの餌と自由と
せりにかけられる不安もないまま
この世に生を受けてこの方
味わったことのない自由を謳歌して生きている
「経済」に関わることのなくなった希望牧場で
ただ生きている
飼い主の庇護のもとで

二〇一一年三月全村・全町避難に取り残された家畜
出された全家畜の殺処分
悲嘆と絶望の飼い主をなだめるごとく
「麻酔薬を打って安楽死させます」の裏で
殺処分の意味するところ
飼い主が語る衝撃の文言

「放射能が家畜に及ぼす障害の事実を消すため」
再稼働を試みる「経済」にのみ関わるだれかが
「命」を破棄し「経済」にのみわだかまる
その大罪を世に問うため
希望牧場でただ生きている牛たちと
命を共にしている飼い主がいる

風味

風が香りを醸し出す
太陽が味を濃くする
土が滋養豊かな実を作る
「美味しいでしょ！」
おじさんが配る熱あつのおにぎり
塩をまぶしただけの

ここは阿武隈高原農場
おじさんの確信に満ちた顔
「全袋検査で全てセシウムがでませんでした」

――セシウムの波に襲われてましてね
地表五センチ全てはがし取り
毎日毎日、追肥を重ね
肥沃な土壌作りに精を出しました
マイナスイオンがセシウムのプラスを呼び寄せ
作物に移線しない土に変身したのです
土壌作りの原始農法技術がね
放射能と闘える農業の武器となったのです――

ぬるぬる泥に足を取られながら
株の際まで光あたる草取りに精を出し
稲穂のチクチク頬に刈り取って
ずっしり重い稲束担ぎ
ハセを作って一緒に風を受け
五感フル回転の原始農法

このおいしいおにぎりの豊かな風味！
風が、太陽が、土が、手が生み出すもの

――高い細胞壁ができる
　バランスの取れた細胞液が満ちる
　強さを増したもみが玄米を守る
　土壌作りの原始農業技法が
　近代農法を凌駕した

「ごちそう様」のそのあとで
深い溜息の中の決意
山の落ち葉に積もったセシウムの今後

でもあきらめられないと

奇蹟の酒

よみがえった
熟成された太平洋岸の地下水を
山形朝日岳の湧水に変え
酒造研究所の戸棚奥深くに留まっていた
わずかな家付き酵母にいのちを得て
奇蹟の酒「寿」

酒蔵を訪ねた三月の末
山形は雪にうずもれていた
ヤッケの花が舞うスキー場が広がり

雪原の田畑はいつ黒い土が顔を出すのだろう
道筋には粉塵まみれの縞々に汚れた雪の堤防
立ち木の根元の円だけが春の気配

日の出に染まる金色の波
銀色に波頭を変える月が夜を閉じ
寄せては返すリズムが酵母を躍らせた
陽光きらめく太平洋の酒蔵から
奥羽の山並みを越え日本海に注ぐ川をまたぎ
望郷とあきらめとほんの灯りへのねがい抱き
雪にうずもれた異郷の地に
さまよい逃げ惑った海辺の人々

あの日
第二波が大きく沖まで引いた大津波は

伝統も、酵母住む酒蔵をも空白とした
あがないがたい醸造への熱望
全ての無と縁を資源として
春まだ浅い朝日岳の透明な大気の中で
今、よみがえった
奇蹟の酒「寿」

ほくそえむだれか

ときは音を立て過ぎていく
歴史の記録を残す暇さえ与えずに
決して空白にしてはならない今にとどまることもなく

あれから二年四ヵ月
その時その場のその様、その声、その音、その空気
あってはならなかったその事故
生き証人がこの世を去った
語る暇を持たずに

東京電力第一原子力発電所吉田所長
二〇一三年七月六日享年五十八食道がん
入院して一年余日、脳こうそくを併発しながら
テレビ報道はもちろんのことマスコミの全てが
彼の死を全国津々浦々まで伝えた

あの日
原発の全電源を失った原子炉を冷却する手立て
何もなくなった四基の原子炉が
日本列島の三分の一を壊滅させる事態は迫り
時間の問題に至ったとき
本部上層部の激怒
「何とかしろ」

海水を注入することで起こる塩害

不可能を吉田はわかっていた
報道に流した「海水は注入できません」
その裏で作業員に指示したこと
「構わぬ
　どんどん入れろ」

炉心溶融がすでに起きていることを
予知して
二カ月もあとに公表された
重大懸念をすでに予知して

水素爆発にとどめた原発の一年あと
吉田の身に起きた癌発生
世界で類を見ない原発事故の全てを語らないまま
吉田の無念さに手を合わせる

思考の不思議

除染土壌、土砂、汚染された草木
黒い重い巨大ごみ袋の集合体
東京で出す四倍のごみ九二〇万立方メートル
保管場所がない
仮置き場、仮仮置き場
いたるところに点在する黒い巨大ごみ袋

渋谷区と同じ面積の中間廃棄物処理所建設
三十年間管理するという巨大プロジェクト
原発所在地の広大な廃棄物処理場
地権者二三六五人

六〇〇人はすでに死亡
相続手続きができない
相続権を有する人を探し出す
環境庁五〇〇人の職員は
全国に行方を捜す日々
半数にさえ連絡できない

放射線量による土地価格の選定
山林に入り込み、杉、ヒノキの太さの測定記録
土地価格設定のため一本一本図る作業
膨大な時間と労力を費やす日々
地権者の同意が得られる保証はない
中間貯蔵施設建設の見通しのない空虚な作業が
超科学的物質の廃棄処理のために繰り広げられている
超原始的ないつ果てることもない作業

次の時間帯
伊方原発再稼働認めるニュース
活断層の上に立つこの原発が
福島の二の舞になる予感
再稼働認める為政者の思考の不思議に
ただたじろぐ

大雨がゴロゴロと
何百キロもの黒い大きな物体を
何十キロも流していった
あっちの川に、遥か遠くの田畑に
行方を求め幾日も探し求める係官
気が付けば
自分たちの所在しているところも認知できず
捜索の末探し出された

超科学的な物質の廃棄処理に
超原始的な対応で対処している客観的事実
四年半後の現実

常磐自動車道

北へ北へひた走る
紺碧の空を割って
窓の外、錦織なすスクリーン流れ
まだ真新しいアスファルトに振動のかけらもない
ブレのないスピードに身をゆだね
追い越す気をもまず
追い越される焦りもなく
一車線のまるでベルトコンベアーのハイウェイ
快いリズムに鼻歌の一つも出てくるリラックスドライブ

原町ＩＣまで六十八キロ
仙台ＩＣまで一六六キロ
ブルーの道路標識には一点の汚れもない
車間距離を表す数字もまっさらで
サングラスの向こうに
どこのハイウェイにも負けぬほど
新しく美しく映っている

うん？
富岡あたり　「１．９μＳｖ／ｈ」
双葉あたり　「４．５μＳｖ／ｈ」
浪江あたり　「１．０μＳｖ／ｈ」
小高あたり　「０．８μＳｖ／ｈ」
数キロおきに「二輪車走行不可」
どこのハイウェイにもない表示看板が

対向車線の積載トラックがいやに多い
ここは福島第一原発に隣接する高速道路
ゾーンの真っただ中に入る
左右に広がる田畑の枯れ雑草にあぜ道は隠れ
ブルーシートに覆われたままの崩れた屋根
白く続いている側道に人影はない
浪江ＩＣで
海沿いの道路に抜ければわがふるさと

いわきから仙台に向かう
この小さい車窓には
まぎれもない懐かしさと
避けられない線量が寄せて
再建にかかわる働き手案じ

真新しいハイウェイの「快適さ」を走る
眼には見えない不気味さを加味し
さっそくの高速道路完成の皮肉にうなずきながら
北へ北へひた走る

街を創ろう

早く　一日も早く　街を創ろう
新生双葉の街を造ろう

東から良子さん夫婦宅
次が我が家　隣に君子先生の家
向かいにエイコちゃん宅
斜向かいは明美ちゃんち
おくまん様の神社があって
文ちゃんちの隣りはお茶会のできる公民館

二〇一三年一月双葉町町長は言いました
「双葉町への帰還は三十年後です」
三十年後、私はちょうど白寿
兄は一〇五歳　姉は一〇二歳
どんなに細く長く生きても
親しい見慣れた顔に会えることはもうない

町には「放射能廃棄物処理施設」が鎮座し
黄色と黒の縞模様の柵で囲まれた
「キケン」「近寄るな」の看板が
隙間なく建てられ
それをにらんで
片隅で生きることはあろうはずがない

早く　一日も早く

街を創ろう　別天地双葉の町を
潮騒は聞こえなくとも
悲しみを懐に押し込んで
春　梅の香に包まれて
夏　星を摘み
秋　だるま市に集い
冬　餅つく杵音を響かせる

聞きなれた声を集めよう
早く　一日も早く別天地
双葉の街を造ろう

画龍点睛

門前橋の木の欄干に身を委ね
東の空を仰ぐ
先導のあわい光の幅を広げながら
お寺の大屋根の甍の上に
スーパームーン
今宵、満月

うす雲待ち受ける
北に頭
尾をぎざぎざに長く南にたなびかせながら

龍が
おおー
観月者が一斉に声を上げる
今まさに巨大な眼がその頭部に
画龍点睛《がりようてんせい》

ほんの十秒
寺の隅々を見下ろし
集落の姿を浮かび上がらせ
仮設住宅のいく棟もの低い屋並みを照らし
もう何事も起こらないからと
生きるそれぞれに目で語るのか
今私の画龍点睛を語るもの
ふるさとに戻る何も見つからねど
何も見当たらねど

あまねく照らしつくし
龍は、崩れていく
あとに
いつにもまして
こうこうと今宵の輝き捧げ尽くし
のぼり続ける満月
束の間の画龍点睛

プレゼント

朝一番の新幹線が関東平野に突入した
通勤客を満杯に乗せ東京へ
窓際の席から臨む太陽がかすんでるのは
日本中から都心へ
一五〇〇万人のCO_2[*1]で？
下り坂のお天気のせいで？

列車から
堰を切った水のごとく吐き出される人ひと人
福島のお祭りの日よりたくさんの人ひと人
広い駅舎の熱気を外に
空気清浄機が電力フル回転で

CO_2を外へ外へ

みんな知っていると思うけど
東京で使う電力を福島で作っていた
福島では使わなくて東京に送っていた
でもあの事故で
ほとんど送電できなくなってしまったから
不自由をしているのではないだろうか

送電少なくても何かあげるものはないものか
せめてものプレゼントにO_2[*2]を
安達多良山の上のほんとうの空[*3]に満ちている
たくさんのO_2を送り届けたい
今
空気清浄機に頼らなくてもいいように
たっぷりと北風に乗せて

今日の霞が晴れるよう南の東京へ
この寒空の樹木から新しいO_2生産は
無理だろうから

一五〇〇万人のCO_2に負けないような
たくさんのO_2を送りたい
あ、でも
ちょっと気になった
O_2にあの時のCs[*4]は残ってないといいけど

＊1　炭酸ガスの元素記号
＊2　酸素の化学記号
＊3　高村光太郎『智恵子抄』より
＊4　セシウムの元素記号

再開ウォーキング

土手の芝張り替えが終了した宵
阿武隈川に出る
吾妻おろしが頬に痛い
寒月が映し出す川面のさざ波が
小刻みに震えている
すり減った黒いスニーカーを
水色の新品に変え
待ちわびた時に
心浮き立ち、 阿武隈川岸辺を行く

なじみのウォーカーと声交わし
日常が一つ満たされて歩幅大きく進めば
街路灯に照らされた橋げたの看板に
ふと　足止まる
――太平洋まで七七キロメートル――

オリンピック誘致で語られた
「アンダー　コントロール」
電波が世界を掛け巡ってる間にも
水漏れ――タンク修理
汚染水――側溝穴止め
海洋流失――凍土壁つくり計画
作業員の苦労後目に
また漏れるもぐらたたき
報じられる「ノー　コントロール」

この流れの行きつくあたり
いのちの数々を引きずり込んだ霙降る海原
モグラたたきに汚され続ける大地
一瞬に去来する
散りぢりになった人たちの
あの地に還る当てない顔　顔

ともすれば　薄れていく思い
風に飛ばしてはいけないと
寒空仰ぎ
歩幅大きく　折り返す

やあ、こんにちは

触れ合ってひしめき合って咲き開き
びっちりいっぱいつつじの花
朝の光の葉っぱの上に
やあ、こんにちは、かなちょろ君*
あの時のかなちょろ君？

卯の花の茂った葉の木の下を
この手ヒバの根元周りを
ちょろちょろと右に左に首を曲げながら
走り回っていたかなちょろ君
三年二カ月もどこに行ってたの
あの時の君だよね

テラスに置いた食パンにスズメ君も訪れず
南天の実はびっちり真っ赤だったのに
もずのおじさんも来なかった
そんなはずはないと思うけど
やっぱりと
疑って、うなだれて、しゃんとできなくて

久しぶりだね、かなちょろ君！
この五月のまぶしい朝の私の庭に
咲き競うつつじの花の上
株を広げるハーブの香りに包まれて
庭に馴染みの君のごあいさつ
光の下には線量の影
でもちょっと、上を向けそうな気配

＊カナヘビのこと

Ⅱ　誰かと

誰かと

冬至の日はさっさと落ちた
スマホを耳に当て
暗い階段で声を待つ
深々《しんしん》と寒さが這い上がり
襟元を抱える

重たい病名を告げられた
一人で暮らす
マンションの四階のあなたに
声をかけたい

何か食べたか

受話器の向こう
「はい」
出た声は小さい
戸を閉める音残り
ベランダで一つまた一つ現れる星を
見ていたと

夕食はすみましたか
暖かい茶湯は飲みましたか
ちょっとは休めましたか

誰にも話すこともできなくて……
話せる人は誰もいなくて

自覚症状を何も感じることがないのに
いのちの期限を切られた今
ただ一人で暗闇に

ベルが鳴ったとき
「うう寒い」
いま気づいたと

誰かと話せれば今日は越せる
明日、日が射したとき
またもうちょっと話せれば
きっと何かがある

これからもそのあとも
私があなたの誰かでいたい

そしてあなたも私の誰かでいてほしい

初雪

改札口から吐き出された防寒着の波が
駅前広場に流れ出る
待ち合わせ珈琲店のガラス越しに見てる
人工綿を敷き詰めたような初雪
全神経を足元に集めて
歩幅小さく行く人の群れ

休日というのに高校生がたくさんだ
駅北側の予備校は日曜日の第二学校
肩に下がるカバンが薄いのは

午前中の講座だけで解放されるから？

この中にもいるのだろうか
昨日、心配を告げてきたような高校生が
　予定日が来ても来ないんです
失敗してしまったのでしょうか
二人で話して聞くことにしました

行為の結果を気に掛けるには
あまりにもあっけらかんとした声で
あまりにも普段過ぎる声で
ちょっとつまずいて転んだような軽やかさで
　やっぱりおばさんでもわかんないの

おばさんの胸の中

いのちの問題だよ
心配が当たったらどうするの
ママになるまで大事にして
遊びにしないでよ
諭したい文言が渦巻いてやっと抑えてる
　　じゃあいいです
どうしているのだろう

窓の外、降り続く今年初めての雪
足とられると転ぶよ
つぶやいて珈琲すする

深夜がんばり隊

午前三時
持ち上げて音を殺して門扉を開ける
遠慮がちにエンジンをかけても
フロントガラスは凍てついて
急ぎ戻って
風呂の湯運びババッとかける
また凍りつく前にワイパー動かし出発すれば
信号は黄色点滅だ

氷鏡の路面はバリバリと
音を立てて泣く

暗闇のビルの林の中で
コンビニだけが、浮かび上がる不夜城
同じがんばり隊に寄せる
「お疲れ様」

仕事場にたどり着く
「うん、うん」
七十歳を越えた丸い背に
「おはよう」を伝えると
「寝てないからこんばんはだね」
返ってくる引き継ぎ前

日本中に
眠ることができないあまたの人がいる
生きづらい人がこんなにも
「この時間は寝ようよ」と伝えたいけれど

眠れない人の眠れない生き苦しさ
「こんな時間、話を聞いてくれてありがとう」
「落ち着いてきました」
伝わってくることばに
明日へののぞみを願い
あなたに灯す熱い声

カーテンの隙間から白いひかりが漏れ始め
往来の車の騒音も増してきた
朝食はどうしよう
味噌汁を作るファイトを残し
眠れないあなたも
湯気立つ味噌汁に心を慰めて
床に着ける安堵をと
願いながら今日が始まる

すさまじい無言

十秒、二十秒、三十秒
教室に音が消え
動きが止まった

俺が
罵ったかもしれない
わたしが
はじいたかもしれない
追い詰めていたかもしれない
沈黙のるつぼの中で

関わった記憶を探っている

生まれながらに負った体の違いゆえ
受けた心の傷
声をつまらせ語る　やっと語る
女子生徒の吐露に

それぞれが自問自答に身を置いて
深く揺れている……
に違いない
すさまじい無言を共有しながら

十秒、二十秒、三十秒

「発表を聞いて　何を考えましたか」

教師が切った口火に
たちまち走り始めた鉛筆の音の波

――言葉が人を打ちのめす
――自分が傷つけていたかも知れない
――私はそばで笑っていた……
――僕だったら耐えられない
――これは基本的人権の侵害じゃないか

オレンジ色の陽射しが
教室の窓を覆っている小春日和
おかれた立場を語る空間が
自責の重荷の中で困惑する集合が
問いかけ　見つめ、揺れ合う教室が

ここにはあった

——こんなに包み隠さず表す勇気があるなんて
——大変なことがこれからもある
——このあと、ちょっと話しかけてみようかな

まだ続いてる鉛筆の波音の中
覗き込む参観者の前で
ともすれば
葬られてしまう事実と格闘している教室が

ここにはあった

彩マイルーム

赤いほっぺの農業科の女子高生
赤、黄、ピンクのポリアンはいかがですか
白い雪に色映えさせて
春を抱えて訪れた

隅の隅まで冷え切った玄関に
かかとを踏んだシューズ脱ぎ捨て
運びこんでくれたマイルームに
並び替えては置き換えて
ぐるりっと眺め、飾り物に触れてみて

この部屋きれいっすねと
引きずってるズボンの裾

見れば高校生の腰パンズボン
このくらいあげてみればどう？
長い脚がもったいないよ
ぴぴっとベルト締めてみて
おせっかいおばさん後ろから
ズボンをひょいと持ち上げる
腹立てる風もなく振り向き様に
このズボン下がりやすいっす

お茶でも飲んでいく
いえまだ授業中です
じゃあ、みんなの分も飴玉ね

野菜売りの時も来ていいっすか
顔あげて見つめる目のあどけなさ

柔らかな冬陽浴び
見かけによらず初々しい女子高生のポリアン販売
窓辺に一足早い春を届けてくれた
赤、黄、ピンクの彩《いろどり》マイルーム

時を結う

半世紀を経た逢瀬が描く
炙《あぶ》り出し絵
瞬時に空白を埋め
十一歳のあのころの
顔、まなこ、声、しぐさ
浮き出て

日出雄
トキちゃん
真澄

ちゃめお
ワタル
栄子ちゃん
シゲ
星
ナオコちゃん
みんな生きてるね
みんな元気にしてるね

張り巡らせたレーダーで
五十年の時を跨ぎ
老教師をとらえてくれた
国ちゃんと
あのころの面差し湛《たた》え
今

熱く手を取り合っている

幾歳月もの物語は
空白の長さ突き抜けて
時を結う
二十五歳だった新米教師の無知
侘びるばかりを
――日々ドラマの連続だった――　と
いたわる術を身に付けて

甘じょっぱい
涙の茶まんじゅう
ほおばり合えば
山里の揚げまんじゅう蘇り
過ぎし日の波寄せてはまた波

高線量まみれの
学び舎、緑深き山川
散りぢりの同胞に
ふるさと取り戻そうと
明日一般質問に立ちます
やせぽっちだった国ちゃんが
市会議員の君になり
世を背負ってる

西の窓、茜色に染まって
時を結う

朝のたちつてと

とととととっと
朝が来る
サッシを開けると
今日一番の透明な外気

つつつつつっと
両肺に吸い込む
五臓六腑がシャワーを浴びて
空腹の底をくすぐった

たーたーたーと
準夜当番の耳のかたわらに
やけに男声ばかりが押し寄せて
想定外の苦しい話の山

てっ
耳の底、重い声の塊吐き出そうと
足踏み出したベランダで
青い朝顔、一輪！
もう夕べ鈴虫の声聞いたのに満を持して開いたぞ
ツルに淡い緑の葉だけ伸び放題を嘆いてたのに

ちょっちょっちょっと
咲いた　咲いた　開いてくれた
ひと月も遅れて朝顔開花

苦しいことだらけでも一輪きっと咲く
男声の苦しい話に
ああ、伝えたかった
やっと開いた青い朝顔の声

三S女子会

いつもなら
白河夜船の刻なのに
豊かなしみ、しわ、立派な白髪
三S女子会、今たけなわ

一品持ち寄りごちそうの
昆布巻きも三五八《さごはち》漬けも
笹かま大葉巻ももう味わいつくし
サフラン色のパエリアのお焦げだけなべ底に

——夫に捨てられないことだけで過ごしてきたの
——娘は出戻りなのに、言いたい放題なのよ
——私は死別、息子は離婚、娘は未婚の三拍子よ
——跡取りは東京からは戻らないって言うのよ

深刻熟年物語に大口開けて笑い合う
その深い笑皺　白髪隠しも色あせて
化粧の下のうっすら斑点
見た目見なけりゃ青春女子会

離れて暮らすもうひげづらの息子たち
「お袋元気かい」
たまーに言ってくるかつての高校球児
野球応援団縁《えにし》の三S女子会

エンドレスの幻灯

規則正しい寝息だけが耳に届く
隣には熟睡の真っ只中の主
エンドレステープにスイッチが入ったまま
こちらには「眠れ」の命令が届かない

白菊に囲まれた母が微笑んでいる
十五年間弁当をありがとうと語りかける孫の姿が
ドライアイスの霜をガーゼでふき取る弟の手先が
「お疲れ様、ご苦労様でも……だめ」
泣き崩れる姉の背中が

浮かんでは消える

あの日
かっと目を見開いて
肩で息する苦しみを解いてあげたい
もう、もういいと
祈るばかりだった私がいた
その祈りは
罪深いことだったのか
やさしさだったのか
漆黒のしじまの夜半
繰り返し自問し続けてる

思わず
ラジオ深夜便のスイッチに手を延ばす

身をゆだねたいプログラムのときは過ぎ
白い朝の顔がのぞき始めても
また自問する

「眠れ」の命令はもう届かない

意外な話

今日もきっちり午前十時五分
赤い帽子のおじさんが
校庭を突き切ってくる
背に赤子をくくりつけ

産後三か月の乳房
ぱんぱんに張って
触れることもできないほど痛い
休み時間はまだだ
先生ママ、授業中
子どもたちの話し合いを

窓辺に立って聞いている足元に
不思議な液たまり
あふれ出た母乳が足を伝わって

休み時間、あたふたと
駆け込んだ用務員室
絞っては流す姿に
用務員のおじさんは怒った
子の命のもとを流すとは何事か
俺が連れてくるから飲ませろ、と

校舎の東端、図工室のさらに隅
おじさんの背で登校相成った赤子は
こくんこくんと喉慣らし
いいことだよと校長に
がんばりなよと同僚に

何やかやとたびたび覗きに来る子どもたちに
赤子の頬つつく先生ママはただありがたく

たった十五分のいとなみに
小さな命育む日々身に受けて
あまた受け持ついのちの重みさらに知り
おじさんの無言の教え
守り育てられた子も今は一児のパパ

四十年後
同級会に集う教え子語った
初めて知った意外な話
「先生の乳、見られっつぉ」
俺らは代わりばんこに覗きに行ってたと
思春期に入り始めた好奇心
つついてもいた図工室の十五分

みんななかよしでなくていい

言葉巧みで
正当論を歯に衣着せず
ヒステリックに語る同僚を
いやでいやでいやで

多くの前で、槍玉にされた日
至らぬところ言いたい放題突き付けられて
ただただ切り返すすべもなく
めった切りにされ

一人になれば
返したかった言葉の渦
うちのめされて立て直せないまま
床に就けば冴えわたり
秒針の刻む音だけひびき

「いやで沼」から這い上がれずに
自分をもいやでいやで
あいさつさえままならぬ居場所の狭さ
ふと口を突いて出た「消えたい」

言った方は忘れても
言われた方は忘れない執念
高い目線から投げつけられる正論に
正しいことを言われても

関係性の中でしか届かない言葉

うつむいたまま
れんぎょうの小道を行けば
あいさつ交わす人、素知らぬ人
人にはみんな距離がある
近寄らないという距離もある

決めた

みんななかよしでなくていい
いやな所には近づかない
好きになろうなんてがんばらない
そんな自分でも構わない
と

使者

使者は何ゆえに
あまたある訪問宅から
我が家を選ばれたのか
開け放たれた玄関通り
足音も無く
緑覗く台所ドア
下方五十センチ平方の網戸の内側に
鎮座なされ、やがて
完璧な筋肉質の流線型の姿態を
くねくねとくねらせ

呪文に合わせ祈るよう
山となり、谷となり
スネークダンスを演じられている

予告もなしのご訪問に
畏れ多くも足震え
すぐにでもご退出願いたく
火ばさみ手に
首のあたり持ち上げお帰りを促せど
貫録十分の丈、重さゆえ
出口までお導きできぬまま
格闘の様相となり
傷つけられると誤解されたか
いよよ激しく大振りに舞い続け

ドアノブ回しほんの隙間を施せば
眼で何かを告げたまま
きっと小ぶりの鎌首もたげ
威厳を保ち
ぶれず
一直線に
堂々と
振り向くこともなく
すべるように去られた
流麗に、しなやかに
毅然たる身のこなし
一期一会の芸術でさえあったかと

悲鳴に集まった向こう三軒両隣
金運の伝え手だ

知恵増す暗示だ
困りごとに援助者現われる使者だと
口々にお送りしたが
恐れ多くもたただただ震え

三月後に予期せぬ幸運
檀家三百御会式に金一封の福引舞い降りた
口々に宣った面々の
お告げ通りとまたただ震え

何を

日々のくすぶりをリュックに詰めたまま
彩る薬師岳に至る
遥か安達太良山頂のあたり
くすぐる綿雲が覆う
風の声はどこにもない

突如
雲が
動いた
ではなくて

遊び始めた
ではなくて
ちぎれ飛んだ
ではなくて
突拍子もない細胞分裂

四方八方に無言で飛び散り
鋭角に紗の切れ端となり飛び舞っては
青空に吸い込まれていく
スイッチでも入ったというのか

帽子のつばを抑えて
曲がる限り首を倒し
雲の飛舞に目を焼き付ければ
何を伝えたいのか

激しくも美しく飛び散って
何を気づけというのか
ああ、まだ新しい自分を見つけられると

ふらつく足元に目を伏せ
次、見上げれば
錦広がる安達太良の山並みの上
雲
答えも発せず一点も残さず
あとに完璧な青空

手を触れないで

食卓の左下
オレンジ色のごみ箱があって
書いては消した反古紙が
読んでは破るダイレクトメールが
甘いプリンカップの殻が
チョコレートの銀紙も
読まれたくない便箋の書き損じ
日の目を見なかった詩の残骸が
ひそかに買った洋服のレシートも
そっと受け止めてくれている

掃除好きの家人が
家じゅうのごみ収集にやって来た
ちょちょ一寸待って
私が自分で処理します
ごみ箱に潜む本音
一目瞭然のわたしの本性を
誰にも明かさず抱いててくれる
そっと受け止めてくれているのだから

居間の東端
食卓の三分の一の上にパソコン
手を伸ばせばとどくところに
鉛筆立てと書類入れ日記帳と血圧計
濃密な一坪ほどの空間に

ひっそりとオレンジ色のごみ箱
誰にも侵入されたくない砦

私と同じ古い時代のお母さんたちは
自分だけの部屋にしけこまず
居間の端っこの一坪空間で
いつも人の気配がほしい居間の
空気を暖めていて
一人の牙城持てずの人生ずっと
ごみ箱だけに本音を吐いて

ソネット　なごり

陽光が陰ったガラス戸に
たくさんの手の跡　丸い指の跡
一人でお泊まりだった四つのやっ君
舞い散る雪ん子につぶやく「ママ……」と

ママはお仕事、ばーばと一緒はもう五日
明日は笑顔が来るはずだけど
今日一日がとっても長いガラス戸で
にゃんこにお話かけている

お仕事ばっかりだったねママのママも
ママを待つ後ろ姿重なって
耳を澄ましてママの足音待っているんだ

暮れにみがきぬいたガラス戸のなごり
無数の指あとかわいい手あと
そっとばーばの手を重ねてみたよ

八歳になる君が

一人でお泊まりの夜のベッド
声を殺して泣きだした
八歳になるゆう君が
パパとママに会いたいと

枕を湿らす君を抱く

離れて
気づいて
あふれる涙

夜のとばりにそそられて

パパとママの絶対が
君の心に満ちている
君の心を覆っている
強くて熱いつながりが
涙になってほとばしる
詰まってる愛慕という宝物
とてもいい涙だ

しゃくり上げる君の手を握る
たくさんたくさん泣いていい
一つ一つに頷く君の
指先の

動悸が安堵に変わっていって
迷いが消えた世界に沈んでいく
――ぼくの心に宝物が詰まってる。
とばーばが言いました――
君は日記に綴ってた
いつもの年より早く
桜ほころび始めた春休み

古稀

夕焼け色のずっしり重い富山柿
ぴかぴかのオレンジ色を剥いで行く
放射能「不検出」と出されたから
床にマットを敷きつめて
あったか色の夜なべの柿むき

裸電球に照らされてね
ねむくても　渋で手の皮つっぱってもね
家中総出で柿むき夜なべ
逃げ出すことばかり考えていたけど

お日様いっぱい吸い込んで
やがて白い粉をふく
あのころの大切な甘いおやつだった

背中を丸め　手元に注意をすべて向け
柿むき夜なべが絵になる
二人になった今
思い出など語りながら
星の瞬く音だけ届くベランダに
縄に連ねた柿すだれができた

孫たちに
家を流された友だちに
送ろうか
ふるさとに戻れない姉にも

きっと喜んでくれる
干し上がれば再測定
値も予知できぬままの皮算用

夜のしじまに
交わす言葉も丸みが帯びて
ここに歩んで今月古稀に

三人は語り始めた

夕べ、宮子さんからもらった電話
「六人のうち、三人が倒れたの
明日の会の司会手伝って」
一人は脳梗塞の疑いで入院
一人は坐骨神経痛で動けない
一週間前退院した人もいるの
男女共生センター十五周年記念に
八十六歳の三人が「行け学徒よ」戦争体験を語るという
七十年前を語るという
「泣いたりしては非国民」十四歳の福女生が

福島駅から夜汽車で向かった横須賀海軍工廠
逗子駅から二十分歩いたベニヤの小屋
朝から晩まで人間魚雷の部品をつくった事実を
白さ増した髪　頬に深い年輪湛え　腰を伸ばし
三人は語り始めた

夕食時配られた高粱《コーリャン》ごはん
のども通らず胸締め付けられて残せば
「残ったのですか」すぐ他の人が持って行く
空腹のあまり友の蒲団の下にあった茶筒
あけてみたらいり豆が
夢中で無断で三分の一も食べてしまって……
今、六十年過ぎても告白できず
「申し訳ありません」とつぶやく
穴の開いたゴム長でできた魚の目

生理用のナプキン、脱脂綿もなく
三カ月も四カ月も生理は来なかった
栄養失調、ホームシック、鬱、やりがいの無い仕事
「お母さん助けて……」泣いても声は届かず
下着の縫い目に卵がびっしり光り
シラミが隙間なく並んでた
便所一面の蛆虫
つま先で歩く足裏でプチプチとつぶれる音
今でも下着は裏返しでしか着れません

いつ来るかわからないＢ29
戦局衰退を思わせる集中的な砲撃に
一晩に三回も壕へ駆け込む日々続き
眠くて眠くて死んでもいいから眠りたい
よろけてウロウロ、強烈な爆風、悲鳴……

寒さと恐怖に両親の顔浮かび
病気になって送り返されたい……
キューンダダダ機銃掃射――グラマン機の
頭上に見た敵の黒縁メガネ
今も強烈に焼き付いて離れないあの形相
ふと「同期の桜」の歌声流れ
どこかの県の学徒動員生か
生きねばならぬ、防空頭巾の紐締め直し
爆風圧に目を抑え耳ふさぎ
逆流する血に堪える

遠ざかるB29を確かめて、壕をはい出せば
工場がない！
海には死体がぷかぷか浮かんでいたという！
三角巾で腕を釣り、続出するけが人

このくらいなら大丈夫お国のために働け
帰されるのはこの上ない恥だ
ご迷惑をかけないから置いてください
十五歳の軍国少女になっていった私たち
壕から出た時見えた富士山だけが美しかった

暑い日だった
セメントの道路の上に一枚のビラ
「センソウヲヤメレバゴハンガタベラレマス」
拾ってはいけません
叱責に思わず手放した
次々と押し寄せるB29
石を投げればあたるほど押し寄せて
紙ふぶきのごとくまかれるビラ
つかの間の安らぎ求め裏山へ登れば

どこからかハモニカのメロディー
男性から声をかけられてはいけません
先生の声、脳裏に浮かべど
「僕たちは沼間商業の学徒です。
　一週間後、海軍航空隊に行きます。
　生きては帰れません。一緒に歌いましょう」
共に歌った愛国の花、浜辺の歌
今も耳底に消えません
悲惨な日々の堆積に心温まった唯一の思い出
あの二人のその後はわからない
恋しい活字、啄木の歌、柿本人麻呂の和歌……
黒い幕で覆われた電燈の下に書物もなく

発破かけ、地下水滴る壕を掘る朝鮮の人たち
夜巡視の若き女教師が語っていた

全身やけど、ずたずたになった体
莚をかけられきっと死んだ人に違いないと
やめてと目を覆いたくなった心痛む姿、姿
アリランの歌で慰め合っていたあの方たちは
ふるさとに戻られたのだろうか
教育班
勉強？とんでもない
仕事を休んだ人が殴られ、血だらけで吹っ飛んだ
毎日あった教育
いたたまれない、ここにいたくない！

八月十五日
大事な放送があるとラジオの前に集まれば
戦争は負けた、と
動揺を慎みなさい。胸を張って堂々としなさい

福島の旗印「敷島隊」の名に懸けて頑張りなさい
先生の話によりどころの無い不安
時が経つにつれはっきり変わっていった
喜びに
解放だ、解放だ、集団が膨れ暴動となり
胸のつかえが下りた朝鮮の人たち
どんなにうれしかったことだろう
明治以来の支配が解けて
どんなに喜んだことだろう
窓もシートもない汽車に一昼夜揺られ福島へ
懐かしい父母の顔！

横須賀海軍工廠
思い出すのも嫌だ
だが

語らなくてはいられない
思い出すだけでは済まされない
七十年たった今
声に出さねばならない
作っていたものは人間魚雷
自分もろとも人も死なせるための武器だ！
戦争の被害者、犠牲者と嘆いてきた
けれど
勘違いだったかもしれない
私たちは加害者でもあった
罪悪感をどう整理したらいいのか……

苦渋に満ちた三人の八十六歳
瞬ぎもせず聴く聴衆のまなざし
今、平成二十七年、宮子さんは訴える

あの時と似ている
不況、暴走政治、マスコミ統制……
目を見開いて、一人ひとり声を出そう
たとえ小さな声だとしても
国会前に集まった十二万人の声広げ
大きなこだまにしていく
黙っているのは
加害者の側になるのだ、と
八十六年、使い続けたのどに力込め
両足を踏ん張って語った三人の八十六歳

雨の日の想い

あじさいの切り花を座卓に飾り
気の置けないいつもの触れ合い
おしゃべりが活力を呼び
笑いが元気を呼び寄せる

希望という心のくすり
おばあさんは九十歳から
泳ぎを習いました
五十ｍを四十秒台で泳ぎます

おじいさんが言いました
三途の川も泳いで渡れるね
すかさずおばあさん
このごろターンを覚えましてね

八十六歳の先輩が自転車で
老人ホームでボランティア
若い老人が言いました
あんた若くていいね

友だちが笑ってました
行方不明と言っていたよ　ご主人が電話で
そういえば朝から飛び回って活力得ている私

まっすぐに落ち続ける雨
はなみずきの葉の先の水晶の玉
締め切ったサッシの内で紡ぐ言葉
こんな雨の日
気の置けないおしゃべりで
小さな希望を振り返る

解説

解説　二階堂晃子詩集『音たてて幸せがくるように』

困難な状況の中の命の祝福と共感

佐相　憲一

「三・一一の詩」「フクシマの詩」とくくられるのを二階堂さんは嫌う。作品には紛れもなく濃厚に三・一一後の事態が、そして福島の現状が反映しているにもかかわらず。いや、紛れもなく濃厚に反映しているからこそ、そのようなまるで一ジャンルのような区分けを拒否するのだ。なぜなら、二階堂さんの詩世界に表現されているものの本質は、どこの人間であれ、機会との遭遇によって直面する心の困難と葛藤、願いと連帯のありようであるからだ。直接的なモチーフは確かにリアルな被災地の具体的なかたちをとっている。だが、これは福島の人が福島以外の人びとに現地の事実のみを届けるものではないのだ。東日本大震災と原発の異状事態は日本全体の問題であり、日本在住者ひとりひとりに突きつけられた極めて具体的な問題であるが、その意味合いにおいてだけではなく、二階堂さんの詩世界は、そもそもの人と人の心深いところの対話によって、命全般の問題を掘り起こしている。

それは、小学校・中学校で子どもたちひとりひとりと接してきた経験や、いまも学校心理士として青年層も含めた子どもたちの心の傷に寄り添っていること、さらには被災地である故郷の愛する人びとが孤立して命を絶たないようにボランティアの電話相談役を積極的に引き受けていること、地域のさまざまな市民運動に関わり、世の中の矛盾に苦しむ人びととそれぞれの個別的なかなしみを共有し、希望に向かって共に努力していることなど、切実な人間交流の現場に居続けていることから来ている。

そのような背景をもって、この詩集は悲惨な現実が正面から出てくるにも関わらず、そして作者がその状況を悪化させたり改善を怠る者たちに心から憤りを覚えているにも関わらず、作品群の全体は親しみ深く温かい。中に出てくる少年少女、元少年少女、被災地で努力するさまざまな職業の人たち、巷の人びと、家族、友人、同窓生との対話が生き生きとしている。被災地という状況の強度ゆえにいっそうの切実さを感じさせるが、それらはかたちを変えて全国各地のどこのコミュニティでも痛切な状況となっている人間存在の危機をいわば代表しているとも言えるのだ。極めて不安で危険な現実であるからこそ、二階堂さんはこの詩集名に『音たてて幸せがくるように』を選んだ。つらいからこそ、そこにあるかけがえのない共感と交流の心を大切にする。告発すると共に、その先の、ひとりひとりの幸せこそを願っているのだ。だから、過去・現在の描写の中に未来への祈りのようなものがこめられている。特に若い人たちのこれからの人生をありったけの願いをこめて応援するのだ。人間の心のぬくもりを大事にする作者ならではの温かいニュアンスの命の詩集と言えよう。
序詩「イチゴ大福」を全文引用する。

イチゴ大福

今日のあなたはきれいだ
心震わせ
実らせたはつ恋に
揺れている

陽がこぼれるほどあふれ
張り替えた分厚い芝生を突き破り
やじりのようなチューリップの芽
いっせいに
あなたの春を

地も空も抱いている

あの時の
黒紫の雲
家族も
学びも
彼の行方も
神隠しにあったごとく一時に奪われ
途方もなく崩れ
夜を徹し
ティッシュペーパーをひき続けた
助けて……
と

今日の
青緑の風
安否問う便りに載せて
訪れた彼との復活に

怒涛が打ち寄せるほど心揺れ
受け止めきれず
また
助けて……
と

幸せになりなさい
時は十分に満ちている

〈来てよかった……
あ、食べてください イチゴ大福
今朝、並んで買ってきました〉
幸せ色の淡いピンクふっくらと
出し忘れていたかのように
つぶやきながら

この詩は状況の詩を超えた普遍的なひろがりで光っている。被災で引き裂かれた若い男女のその後の物語。愛というものの強固な力、信じるということの真の美しさが伝わってくる。青年カップルの幸せを願う思いの強さと、どうしても言葉を贈りたいという切実さがこの構成を生んだのだろう。語りの中に、人が生きていることのおののきのようなものが密度濃く行間から伝わってくる。限りなく個別的でありながら同時にすぐれて普遍的な愛の心の贈りものである。

同時に、作者は自他に厳しい批評を突きつける。皮肉に満ちた世の中のあり方に対して。Ｉ章収録の詩「わらいばなし」を全文引用しよう。

わらいばなし

花冷えの午後
訪ねてきた教え子が語る
関東の人がね
癌になったら福島に住むって
どうして
居ながらにして

放射線治療受けられるからだって

部屋中響く声で
大笑いした
二人

そしてその後
二人は
押し黙ってしまった

これは強烈な風刺詩であるが、もっと言うと風刺という範疇さえ超えているように感じられる。二人の会話に出てくる関東の人の発言は、ブラックジョークにしては福島の人を心底傷つける心ないものであった。信頼し合う教師と教え子は〈大笑い〉しているが、わらいの対象は関東の人びとの他人事のようなスタンスかもしれない。無関心で冷たい世間をわらってしまいたい。しかし、耐えがたい屈辱に、すぐに沈黙が訪れるのだ。この詩には罵倒文言や観念的なスローガンは出てこない。だが、淡々とした会話の行間には言い知れぬ怒りやかなしみ、無念、そして強烈な批判精神がこめられている。わずか十八行の中に、人間存在の亀裂への問いかけが満ちているのだ。

Ⅱ章収録の詩「すさまじい無言」も痛い詩だ。ある日の教室の情景を実況中継するようなタッチで再現しているが、生徒たちの沈黙の中に読みとれる思いがつづられる。〈生まれながらに負った体の違いゆえ／受けた心の傷〉とあるから、身体的なことに関していじめの対象になった〈女子生徒の吐露〉への同席者たちの内省の声であろう。

俺が
罵ったかもしれない
わたしが
はじいたかもしれない
追い詰めていたかもしれない
沈黙のるつぼの中で
関わった記憶を探っている

（中略）

――言葉が人を打ちのめす

――自分が傷つけていたかも知れない
――私はそばで笑っていた……
――僕だったら耐えられない
――これは基本的人権の侵害じゃないか

（中略）

――こんなに包み隠さず表す勇気があるなんて
――大変なことがこれからもある
――このあと、ちょっと話しかけてみようかな

（詩「すさまじい無言」より）

教師も寡黙であるのは一方的に加害者をしかって被害者をいっそうの窮地に陥れないように、各人の良心に辛抱強く、だが毅然と訴え、それぞれの病んだ魂からの回復と反省、今後の友情へと促すゆえであろう。日々マスコミをにぎわしている非情な教室とは違った、自主教育の実話風景と言えるかもしれない。そして、この詩が深い共感力をもつのは、作者の視点が、しっかりしないと自分自身も共犯者になりえてしまうという誠実な内省が批評の中に感じられるからだろう。生徒たちの内面を想像力で表現し

ながら、それは同じようにもろい私たちひとりひとりの加害と被害の可能性を示唆しているように思われる。善悪を一方的に高みから裁くのではなく、教室の沈黙を通した対話に、人と人の関係性の傷つきやすさを内面深く見つめ、苦しみの中にそこから共に生きていく救いの可能性をさぐっている。少年少女の痛ましい事態が各地で報道されているいま、この詩のもつ願いがまぶしい。

この詩集には三十九篇の詩が収録されている。そのうちの三篇をとりあげてみたが、ほかの三十六篇もそれぞれに切実だ。詩文学の最大のポイントのひとつは切実さだと常日頃私は述べているが、この詩集は切実さにおいて光っている。福島の地に生まれ育ち暮らしてきた人の痛切な声があり、子どもも大人もさまざまな境遇の他者ひとりひとりへの生きる共感があり、鋭い社会批評があり、教え子たちとの長い歳月を通した劇的な交流があり、ユーモラスな交友や家族への思いがあり、平和の心があり、日常のふとした生活感慨がある。詩集収録最後の詩「雨の日の想い」を読めば、人と人の何気ない心のふれあいの中に日々を前向きに生きる活力の源があるということをあらためて実感させられてほっとする。

困難を抱える地から命の祝福に満ちた詩集が届けられたことを喜びたい。

あとがき

二〇一六年三月、３・１１の震災から五年が経った。

二月の最後に、心ある先生方の教育研修会に参加した。

そこでは、小学六年生を担任する女の先生が、次のような話をした。

「被災地から転校してきた男の子を担任している。その母親が、クラス全員に文房具をプレゼントして、どんなにお金があるのか、節分には全校生に豆を送ってくれた。それなのに周りとトラブルが多く、避難者を馬鹿にしているなど母親の気持ちが安定しない。寄り添うしかないとわかっているが困っている」と。

「どんなにお金があるのか……」のところで、「ハハハ……」と二〜三人が笑った。この笑いは、被災者を理解してない笑いだと思った。私は、悶々としたが、

「大津波で家を失い、原発で故郷を追われた被災者を、受け入れ、苦労をおかけしている県内の先生方に被災地出身の者としてお礼を申したい。と同時に、どうしてもわかってほしいことがある。自分の落ち度が何もないのに故郷の全てを奪

われ、再び帰れない被災者の喪失感と悲しみがどんなに深いか。その悲しみの底で最後に親が願うことは、子どもが差別やいじめにあわないことだと思う。そのために、普通では理不尽と思われが、守ろうとする行為に必死に走ることがある。その行為は第三者から見れば「何ほどお金があるんだか」という受け止め方になり、心ある先生でさえ笑っている。保障のお金をもらって贅沢に過ごしているという考えを持つ人が被災者と受け入れる側の軋轢を生んでいる。お金をもらった被害者がいかにも悪いような形が定着して、分断が図られる。その陰で目に見えない差別やいじめが起こっている。福島が宮城や岩手に比べられないほど自死者が多い。それだけ苦悩は深い。奇異に思える行為に戸惑っている学校現場があると思うが、そうすることで被災者は自分と家族の日々の暮らしをやっと保っている。行為の陰にある気持ちを受け止めてほしい。被災者の話に耳を傾け、苦しみを吐き出してもらうことで寄り添ってほしい。十分に聴いて気持ちを受け止め、悲しみや喪失の深さを理解していただけないか」と一生懸命訴えた。

終わって会場を後にしようとしたとき、担任の女の先生が追いかけてきてくれた。

「現場はものすごい多忙で、じっくりゆっくり話を聞くという時間を取ることをしないでいた。話を聞けば必ず気持ちの安定を図り、信頼関係が生まれ、次のつながりができるかもしれないことに気づいた。相手が変であるという思いしか持っていなかったが、被災を受けた方に寄り添う意味が分かったような気がする。」と言ってくれた。

五年が経っても、心の復興はなにもなされていない。私にできることは風化させることがないよう思いを書き残すことであると思い、第二詩集を上梓した。第一詩集を発行したとき全国津々浦々の詩人、読者の皆さんから多くのお便りをいただきファイルは、五冊にもなった。悲しみを受け止めていただいたことでどんなに前を向くことができたか知れない。

福島は目にまだ見えない苦悩の中に存在しているが、第二詩集『音たてて幸せがくるように』は私の心からの願いである。

私の願いを形にするため、コールサック社の佐相憲一様には一方ならぬお世話をいただき、心から感謝している。また、鈴木比佐雄代表にもたびたび励ましをいただいた。装丁のデザインに心を寄せてくださった杉山静香様、ありがとうございました。

二〇一六年　春　　　二階堂晃子

略歴

二階堂　晃子（にかいどう　てるこ）

一九四三年　福島県双葉町に生まれる
公立小・中学校教員を経て現在、学校心理士として活動
二〇〇四年　詩集『ありんこ』（二階堂晃子とありんこの仲間）
二〇一二年　共著『絆　伝えることの大切さ』（福島県作文の会朗読グループ）
二〇一三年　詩集『悲しみの向こうに』（コールサック社）
二〇一六年　詩集『音たてて幸せがくるように』（コールサック社）

所　属◆日本現代詩人会、福島県現代詩人会会員。「山毛欅」同人。

現住所◆〒九六〇‐八一四一　福島県福島市渡利字岩崎町一三七‐六

石炭袋

二階堂晃子詩集『音たてて幸せがくるように』

2016年4月21日初版発行

著　者　二階堂晃子

編　集　佐相　憲一

発行者　鈴木比佐雄

発行所　株式会社 コールサック社

〒173-0004　東京都板橋区板橋 2-63-4-209

電話 03-5944-3258　FAX 03-5944-3238

suzuki@coal-sack.com　http://www.coal-sack.com

郵便振替　00180-4-741802

印刷管理　（株）コールサック社　製作部

＊装丁　杉山静香

落丁本・乱丁本はお取り替えいたします。

ISBN978-4-86435-249-9　C1092　￥1500E